AVENTURES DE PAUL

ENLEVÉ PAR UN BALLON

PARIS. — IMP. SIMON RAÇON ET COMP., RUE D'ERFURTH, 1.

Dans l'intérieur du Châlet.

AVENTURES DE PAUL

ENLEVÉ PAR UN BALLON

PAR

JEAN BRUNO

ILLUSTRATIONS DE J. DESANDRÉ

PARIS
BERNARDIN-BÉCHET, LIBRAIRE-ÉDITEUR
31, QUAI DES AUGUSTINS, 31

AVENTURES DE PAUL

ENLEVÉ PAR UN BALLON

I

LE DÉPART POUR LA MONTAGNE

Neuf heures sonnaient à l'horloge de l'église Sainte-Bénigne à Pontarlier, lorsque le jeune Paul, botté et équipé comme un touriste anglais, traversa rapidement le salon et alla frapper à la porte d'une petite chambre dont la fenêtre donnait sur le jardin.

— Allons, Louise, es-tu prête? demanda-t-il d'une voix animée ; la voiture est en bas, et l'on n'attend plus que toi pour partir...

— O mon bon Paul, prie papa de prendre patience pendant quelques minutes ; Marguerite est obligée de recoudre deux agrafes à ma robe, répondit une voix d'enfant.

— Dépêche-toi, petite sœur... je descends toujours ton ombrelle et ton sac...

Paul Grenon, grand garçon de seize ans, aux traits tout à la fois doux et énergiques, était le fils aîné d'un avocat de Pontarlier.

Il faisait ses études au lycée Charlemagne, à Paris, d'où il était arrivé depuis une semaine, chargé de couronnes et de prix, pour passer les vacances dans sa famille.

Comme toujours, Paul avait été accueilli par de brillantes manifestations de joie ; car son père et sa mère l'adoraient, et ses deux petites sœurs ne le quittaient plus dès le moment où il avait mis le pied sur le seuil de la maison paternelle.

Après avoir consacré quelques jours aux visites d'usage, M. Grenon, désireux de faire une surprise agréable à son fils, lui dit un soir :

— Paul, si le temps se maintient au beau, nous ferons demain la fameuse ascension du Larmon projetée depuis plusieurs années, et Louise sera de la partie...

En entendant ces mots, la petite fille, rouge comme une cerise, vint se jeter au cou de son père en s'écriant :

— O papa, que tu es bon !...

Paul se borna à serrer affectueusement la main de M. Grenon.

Le Larmon, dont la base est à environ trois kilomètres de Pontarlier, est un des points les plus élevés de la chaîne du Jura dans le département du Doubs.

Du sommet de cette montagne on découvre un splendide panorama.

Quand le temps est clair, la vue embrasse les immenses plateaux couverts de lacs et de sapins qui forment une grande partie de la Suisse occidentale, et va se heurter à l'horizon contre la ligne majestueuse des Alpes, dont les pics éblouissants de blancheur se détachent nettement sur l'azur du ciel.

L'ascension du Larmon était regardée par Paul et Louise comme une magnifique partie de plaisir, et leur bonheur eût été complet si leur mère avait pu les accompagner ; mais la santé de madame Grenon était mauvaise depuis quelque temps, et, par mesure de prudence, il avait été décidé qu'elle resterait à la maison avec la petite Jeannette.

Stimulée par Paul, la vieille Marguerite fit diligence, et bientôt le char à bancs sortit de la ville par le faubourg Saint-Étienne.

II

L'ORAGE SUR LE LARMON

Le visage de Louise exprimait une joie délirante. Paul était aussi heureux que sa sœur ; mais comme il avait huit ans de plus que la petite fille, il manifestait moins vivement ses sensations.

L'orage sur le Lormon

Cependant un pli d'inquiétude creusait le front de M. Grenon depuis que la voiture était sortie de la ville. Au moulin Mauguin, il interrogea pour la seconde fois le ciel dans la direction de la Fauconnière.

— Qu'as-tu, père? lui demanda son fils ; on dirait que tu es contrarié!

— Je le suis en effet.

— Pourquoi?

— Tu vois bien ce petit nuage violet qui est encore en partie noyé dans les vapeurs de l'horizon?

— Oui, eh bien?

— Eh bien, c'est un orage qui se prépare...

En entendant ces mots, Louise ouvrit de grands yeux et se serra instinctivement contre son père.

— Nous agirions peut-être sagement en retournant sur nos pas, dit Paul...

— Ce n'est point nécessaire, du moins je le suppose ; car le mauvais temps n'arrivera probablement pas avant la nuit...

La petite fille donna plusieurs signes de frayeur et pria son père de revenir à Pontarlier. Mais Paul, qui tenait beaucoup à sa partie, quoiqu'il fût tout disposé à la sacrifier au premier signe de M. Grenon, s'efforça de rassurer sa sœur en lui disant que, si le mauvais temps les surprenait, ils pourraient toujours trouver un abri à la ferme de J..., où il avait été convenu qu'on irait manger de la crème et des galettes.

L'avocat baissa la tête en signe d'approbation, et la voiture arriva bientôt au bas de la montagne.

Après avoir mis pied à terre et renvoyé le char à bancs, les voyageurs, appuyés sur de longs bâtons ferrés, commencèrent l'escalade du Larmon.

Louise, voyant l'assurance et la gaieté de son père et de Paul, n'avait pas tardé à reprendre toute sa bonne humeur.

Déjà on était arrivé à la moitié de la hauteur de la montagne, lorsqu'un vent violent s'éleva tout à coup.

Le soleil fut bientôt masqué par de gros nuages noirs, un éblouissant éclair embrasa le ciel, et le tonnerre fit entendre au loin ses sinistres grondements.

La petite fille poussa un cri de terreur et courut se réfugier dans les bras de son père.

Heureusement la ferme dans laquelle on devait se reposer n'était qu'à un demi-kilomètre de là.

Mais Louise, dont les forces avaient été subitement paralysées par la peur du tonnerre, essaya vainement de marcher. Paul, qui était très-robuste, la chargea sur ses épaules, et les trois touristes entrèrent à la ferme au moment où l'orage éclatait sur la montagne dans toute sa terrible majesté.

Afin de distraire sa petite fille et d'être agréable à Paul, M. Grenon leur fit visiter l'office champêtre où se fabrique le fameux fromage, dit de Gruyères, dont la réputation est universelle.

Paul examina avec un vif intérêt l'immense chaudière de cuivre, les baquets, les *seilles*, le pressoir, tous les instruments en un mot dont le fromager lui fit la description.

Ce spectacle laissa Louise à peu près indifférente, et elle demanda à rentrer dans la grande salle, où la vue des habitants du chalet contribuait plus efficacement à lui faire surmonter son effroi.

A la prière de M. Grenon, on apporta de la crème, du pain bis, des galettes et du vin.

La petite fille, déjà ébranlée par la frayeur, mangea un peu trop de crème et s'obstina, malgré les conseils de son père, à fêter outre mesure une appétissante galette de blé noir.

La crème, dont les montagnards absorbent une quantité fabuleuse sans le moindre inconvénient pour leur santé, cause presque toujours une certaine indisposition aux personnes qui ne sont pas habituées à se nourrir de laitage.

Cette indisposition a beaucoup d'analogie avec le mal de mer.

Louise ne tarda pas à ressentir les funestes effets de son imprudence. Elle commença à pâlir, puis ses yeux se troublèrent, elle éprouva de violentes nausées et fut bientôt obligée de sortir pour prendre l'air.

En cet instant elle ne songeait presque plus à l'orage, qui tendait du reste à se dissiper.

Au bout d'une heure, la pluie cessa et le beau temps reparut.

M. Grenon n'était pas trop inquiet sur les suites de l'indisposition de la petite fille, car il savait qu'elle serait de courte durée ; mais il était très-contrarié de ne pouvoir aller plus loin.

Pendant qu'il s'entretenait à ce sujet avec son fils, un garçon de ferme nommé Jérôme s'approcha.

— Pardon de vous interrompre, monsieur Grenon, dit-il ; mais si vous voulez avoir confiance en moi, je conduirai M. Paul sur la crête du Larmon.

L'avocat interrogea du regard le fermier. Celui-ci lui répondit par un signe de tête affirmatif.

Le jeune lycéen attendait avec anxiété la décision de son père.

— Il ne faut pas que tu perdes entièrement le fruit de cette excursion, lui dit ce dernier ; pars avec Jérôme, nous attendrons ici ton retour...

III

LE BALLON EN DÉTRESSE

Dix minutes après, Paul suivait le garçon de ferme dans un sentier rocailleux côtoyant un bouquet de sapins rabougris.

Suivant son invariable habitude, Jérôme avait pris son fusil, car il passait, dans tout l'arrondissement de Pontarlier, pour être le plus habile tueur d'aigles de la contrée.

Si Paul avait eu son père et sa sœur auprès de lui, rien n'eût manqué en ce moment à son bonheur ; sa poitrine se dilatait avec délices, en aspirant les senteurs balsamiques développées par l'orage ; et, au fur et à mesure qu'il s'élevait, son âme semblait se dégager de ses étreintes terrestres pour s'élancer vers les espaces infinis de l'éther.

Il allait escalader le dernier renflement qui le séparait de la cime de la montagne, lorsque Jérôme, intéressé par le spectacle de deux grands aigles qui se livraient un combat acharné dans les airs, se retourna pour suivre leurs manœuvres.

Un cri de surprise s'échappa tout à coup de sa poitrine.

— Voyez, voyez, monsieur, dit-il en étendant la main dans la direction du nord.

Paul tourna vivement la tête. Il vit alors, à environ quinze cents mètres, un grand ballon qui rasait le sol avec une rapidité vertigineuse, en creusant un sillon de ruines dans le taillis.

Cette puissante machine aérostatique entraînait une nacelle verte, dans laquelle on voyait plusieurs hommes se cramponner frénétiquement aux cordages.

A chaque seconde, le ballon se relevait menaçant vers le ciel, puis il se précipitait de nouveau sur le sol, en rompant comme de frêles roseaux les arbres placés sur son passage.

Nulle puissance humaine ne semblait capable d'arrêter la course furieuse de ce géant des airs, et les voyageurs qui le montaient paraissaient irrévocablement voués à une mort affreuse...

Paul, saisi d'une poignante émotion, cherchait par quel moyen il pourrait venir en aide à ces malheureux, lorsque le ballon arriva sur lui avec la rapidité de la foudre.

Mais, par un bonheur inespéré, l'ancre, qui labourait le sol, déracinait les arbres et broyait les broussailles depuis plus de vingt minutes, pénétra tout à coup dans la fissure d'une roche, et le câble qui la retenait se roidit comme une barre d'acier.

Plusieurs cris d'inexprimable angoisse s'échappèrent de la nacelle !

Un des aéronautes se suspendit à une longue échelle de corde dont le bout fouettait le sol.

— Que faut-il faire pour vous être utile? lui demanda Paul.

— Prêtez-moi votre fusil, dit le voyageur à Jérôme ; la corde de la soupape est rompue, il faut à tout prix déchirer le ballon pour le dégonfler...

L'aéronaute mit en joue et pressa la détente. Par une fatalité déplorable, le coup ne partit point, et le garçon de ferme ne put retrouver sa boîte à capsules.

Pendant ce temps, le ballon frappait la terre avec une épouvantable furie et menaçait à chaque seconde de broyer contre les flancs du rocher les gens restés dans la nacelle.

— Pourquoi vos compagnons n'essayent-ils pas de descendre à l'aide de l'échelle de corde ? demanda Paul à l'étranger.

— Leurs forces les trahiraient, car ils sont tous trois grièvement blessés...

En parlant, le malheureux, qui avait une plaie énorme à la tempe, chancela et ne tarda pas à s'affaisser sur le sol.

Jérôme, le visage enflammé par l'émotion et les yeux démesurément ouverts, attendait avec anxiété l'occasion de se rendre utile.

Un éclair d'énergie passa tout à coup dans les yeux de Paul ; il saisit l'échelle de corde, l'escalada avec une merveilleuse agilité et atteignit bientôt la nacelle.

Bocquin et Eug. Cicéri lith.

Imp. Becquet à Paris.

Paul enlevé par le Léviathan.

Jamais spectacle aussi douloureux n'avait frappé ses regards...

Les trois aéronautes étaient couverts de sang et de plaies ; l'un avait la jambe fracturée, un autre s'était brisé la clavicule droite, et le troisième gisait inanimé au fond de la nacelle.

Le jeune homme se montra digne de la mission qu'il venait de se donner.

Sans employer son temps en paroles inutiles, il passa une corde sous les bras du malheureux qui avait perdu connaissance, et, avec l'aide des deux autres voyageurs, il le hissa sur le bord de la nacelle et parvint à le faire arriver jusqu'au sol.

Jérôme défit aussitôt les liens, et la corde remonta.

Les deux blessés purent recourir à l'échelle pour descendre, mais Paul fut obligé de les soutenir avec le câble, et plus d'une fois il craignit de ne pouvoir achever son héroïque sauvetage.

En ce moment la physionomie du lycéen exprimait une audacieuse énergie qui n'est presque jamais l'apanage de l'extrême jeunesse.

On lui eût donné trente ans, et, je l'ai dit, il en avait à peine seize...

Malheureusement, au fur et à mesure que le ballon s'allégeait, il se redressait plus furieux en imprimant de formidables secousses à l'amarre.

Lorsque le dernier aéronaute eut touché la terre, Paul se disposa à mettre sa propre vie en sûreté.

Il posait déjà le pied sur l'échelle de corde, lorsque l'aérostat, dont les oscillations devenaient de plus en plus terribles, décrivit tout à coup une immense parabole et rompit le câble de l'ancre comme si c'eût été un fil de soie...

Un cri suprême fut poussé par les aéronautes, et le ballon s'éleva dans les airs avec la rapidité d'une flèche...

IV

PAUL ENLEVE PAR LE LÉVIATHAN

Le jeune homme n'éprouva d'abord qu'un sentiment de profonde stupéfaction.

Les oscillations de la nacelle ayant presque entièrement cessé, il put croire que le ballon était immobile dans l'espace, et que les arbres et les rochers fuyaient au-dessous de lui emportés par quelque prodigieuse locomotive.

L'air frais qui lui caressa le visage dissipa bien vite cette hallucination... Sa terrible position lui apparut alors dans toute son horreur.

— Mes pauvres parents!..., murmura-t-il d'un ton navré ; je ne les reverrai peut-être jamais...

Il pensa au désespoir de sa pauvre mère, dont il connaissait l'extrême sensibilité, et son cœur s'éleva avec ferveur vers Dieu pour implorer son assistance.

Quelques larmes brûlantes roulèrent ensuite silencieusement sur son visage, et il baissa la tête comme un homme accablé par le malheur.

Mais son caractère énergique reprit bientôt le dessus ; un éclair passa dans ses yeux, et il se redressa avec l'audace de l'athlète qui se prépare au combat.

— Mon devoir est de lutter jusqu'au dernier moment, dit-il tout haut, comme si quelqu'un avait pu l'entendre ; je lutterai...

Moins de dix minutes après la rupture du câble, le ballon était à plus de vingt kilomètres de là.

Le Larmon, perdu au milieu des chaînes tourmentées du Jura, ressemblait à une taupinière dans un sillon.

Paul leva les yeux vers l'aérostat afin de l'examiner, car jusqu'à ce moment il n'avait pas eu l'occasion de le faire.

C'était une colossale sphère de soie écrue, serrée entre les mailles innombrables d'un gigantesque filet.

Sur les flancs de cette boule monstrueuse le mot *Léviathan* se détachait en lettres de deux mètres de hauteur.

Toute la partie inférieure du ballon flottait à l'aventure entre les cordes qui se réunissaient au cercle soutenant la nacelle.

Le jeune homme n'avait jamais vu de près un aérostat, cependant il connaissait à peu près les manœuvres à l'aide desquelles on dirige cette machine.

Il savait que l'aéronaute s'élève en se débarrassant du lest dont il a eu grand soin de faire une provision suffisante pour équilibrer la force ascensionnelle du ballon, et qu'il redescend vers la terre en tirant la corde qui ouvre une soupape, ménagée dans la partie supérieure de l'aérostat, par laquelle le gaz s'échappe.

Après avoir constaté que les voyageurs avaient laissé une assez grande quan-

Le cours du Rhône à vol d'oiseau.

tité de sacs de lest dans la nacelle, Paul chercha à découvrir la corde de la soupape.

Il se souvint alors des paroles prononcées par l'aéronaute, au moment où il avait emprunté le fusil de Jérôme pour tirer sur le ballon.

Cette corde avait été rompue dès la première tentative de descente, et c'était à cette rupture que les voyageurs devaient leur désastre.

Ce jeune homme, ou plutôt cet enfant, fut obligé de renoncer au seul espoir de salut qui semblât lui rester pour le moment.

Néanmoins, loin de se laisser abattre de nouveau par le découragement, il sentit au contraire ses forces se doubler; une indomptable énergie brilla dans ses yeux et son front se dressa fièrement vers le ciel, non pour défier la Divinité, qu'il respectait comme la source immuable et éternelle de tout bien, mais pour braver les périls dont il était le jouet.

Depuis quelques minutes la marche du *Léviathan* avait pris une allure régulière.

Après s'être élevé à environ deux kilomètres, il se mit à fuir horizontalement vers le sud en laissant à sa gauche la chaîne du Jura.

Paul fit l'inventaire de la nacelle.

Elle ne contenait plus que quelques provisions de bouche, une jumelle de marine, une boussole de poche, un petit thermomètre, deux couvertures de laine, un revolver chargé renfermé dans un étui et plusieurs cartes géographiques.

Le surplus du mobilier aérien avait été lancé sur le sol pendant les convulsions de l'aérostat.

V

LE COURS DU RHONE A VOL D'OISEAU

Après avoir terminé son inventaire, Paul s'occupa de reconnaître le lieu où il se trouvait.

Cet examen lui arracha un cri d'admiration !

Jamais il n'avait rêvé un aussi magique spectacle.

Devant lui, et jusque dans les profondeurs infinies de l'horizon, les crêtes éblouissantes des Alpes se dessinaient comme une gigantesque scie d'albâtre dont les dernières dents se fondaient dans un voile d'azur.

Semblable à la croupe de quelque prodigieux mastodonte recouvert depuis des centaines de siècles peut-être de la glace des pôles, la masse formidable du mont Blanc dominait l'immense panorama.

A gauche, le lac de Genève étincelait comme un miroir de feu.

Les plus vastes forêts ressemblaient à des bosquets de verdure, et le Rhône, si terrible dans sa colère, n'apparaissait guère, vu de cette hauteur, que comme un petit ruisseau serpentant capricieusement entre les frais gazons d'un jardin anglais.

Debout sur le bord de la nacelle, la main gauche fixée à un cordage, Paul admirait silencieusement ces merveilles.

Son cœur était gonflé d'émotion et des larmes d'attendrissement perlaient à l'extrémité de ses cils. Des effluves d'orgueil montèrent même un instant à son cerveau.

Mais l'idée de sa position, qui se représenta en ce moment à son esprit dans toute sa terrible réalité, neutralisa vite ces vaniteux sentiments, et il abandonna ses préoccupations poétiques pour s'occuper de la marche de l'aérostat.

Depuis un instant le vent venait de sauter au nord-est.

Lyon apparut bientôt noyé dans les brouillards.

En passant au-dessus de la vieille cité romaine, le jeune homme essaya de communiquer avec les habitants.

Vaine tentative ! le ballon disparut comme un météore derrière le coteau de Fourvières, en laissant le peuple ébahi se demander d'où il pouvait venir.

Un instant il parut se rapprocher du sol ; déjà même Paul espérait que quelque soudaine éraillure de la soie permettrait au gaz de s'échapper, et il prenait ses dispositions pour arriver à terre dans les meilleures conditions, lorsque la machine reprit tout à coup sa marche ascensionnelle.

Arrivé à environ trois mille mètres, *le Léviathan* obliqua de nouveau à l'est et suivit le Rhône jusqu'à Avignon.

Malgré la couverture de laine dans laquelle il s'était enveloppé, le jeune homme grelottait.

Il ne tarda pas à ressentir aussi les atteintes de la faim ; jusqu'à ce moment les rapides péripéties de cet étrange voyage lui avaient fait oublier les besoins matériels.

Il mangea une tranche de pâté, but quelques gorgées de vin et reprit son poste d'observateur.

Bientôt *le Léviathan* plana au-dessus de ce petit désert de cailloux, situé en pleine Provence, qu'on nomme la plaine de Crau.

Paul saisit sa lorgnette et tourna ses regards vers le sud ; alors il découvrit la mer à l'horizon.

Jusqu'à cet instant il avait accepté sa position avec un courage vraiment héroïque, surtout pour un jeune homme à peine sorti de l'adolescence ; mais lorsqu'il ne put plus douter du dénoûment prochain de ce sombre drame, il laissa échapper de profonds soupirs...

Il songea de nouveau à ses parents, qui devaient être plongés dans la plus affreuse inquiétude, et son cœur se serra cruellement...

Bientôt même deux ruisseaux de larmes inondèrent son visage.

L'idée de la mort se présenta alors à lui sous le plus effrayant aspect.

— Quoi ! se dit-il en sanglotant, j'aurai donc vu aujourd'hui mes parents pour la dernière fois !... Mon bon père, ma tendre et digne mère, mes chères petites sœurs, comment supporterez-vous ce coup terrible ?... Oh ! cette pensée est affreuse... elle me ferait devenir fou !...

« Mon Dieu ! mon Dieu ! vous qui tenez le sort de tous les hommes dans vos mains, secourez-moi... »

Le jeune homme se prosterna au fond de la nacelle, et pendant quelques minutes une fervente prière s'échappa de son cœur pour monter vers le ciel...

Il se sentit réconforté par cette prière, car, lorsqu'il se releva, ses yeux étincelaient d'espérance et de courage.

Enfin, au bout d'une demi-heure, le calme rentra dans son esprit, et il chercha à établir nettement le bilan de sa situation.

Il était six heures à sa montre et le petit thermomètre marquait trois degrés au-dessus de zéro.

Tandis que le soleil, descendu presque sur les limites de l'horizon, s'ensevelissait dans une masse de nuages violets de sinistre augure, le ballon, devenu le jouet des vents contraires, s'agitait avec furie et faisait parfois des bonds prodigieux...

Le péril devenait de plus en plus imminent.

Paul saisit le revolver et se disposa à tirer sur l'aérostat pour le percer ; mais au moment d'exécuter ce projet une réflexion l'arrêta.

— En faisant feu d'aussi près, se dit-il, je suis presque sûr d'enflammer le gaz... l'explosion qui s'ensuivra sera alors l'arrêt irrévocable de ma mort...

Il désarma le revolver, le remit dans son étui et attendit les événements.

Le Léviathan franchit les montagnes de la Ciotat lorsque les derniers rayons du soleil cessèrent d'irradier la cime des nuages.

Déjà les ombres emplissaient toutes les vallées, et Paul vit briller les lumières à Marseille et à Toulon.

La Méditerranée étendait à l'infini ses flots noirs qui allaient probablement lui servir de linceul, car il n'espérait plus échapper à la mort.

Le ciel disparut peu à peu derrière un épais rideau de nuages, l'obscurité régna bientôt partout, et le jeune homme ne distingua même plus les phares de la côte.

Il eût pu douter qu'il se trouvât au-dessus de la mer, s'il n'avait aperçu les innombrables lueurs phosphorescentes que les requins et les marsouins faisaient jaillir de tous côtés.

VI

LE BALLON AU-DESSUS DE LA MÉDITERRANÉE

Après avoir bu un peu de vin, Paul, brisé de fatigue, s'enveloppa avec soin dans ses deux couvertures, se coucha au fond de la nacelle et essaya de dormir.

La résignation était pour le moment son seul refuge.

Mais son esprit était en proie à de bizarres hallucinations qui lui donnaient la fièvre ; puis il entendait sans cesse au-dessus de sa tête les sourds gémissements causés par la pression de l'air contre les flancs de l'aérostat.

Cependant le sommeil, si impérieux à son âge, finit par l'emporter, et il dormit pendant plusieurs heures.

En se réveillant, Paul fut d'abord plongé dans un état de prostration voisin de l'idiotisme.

Le Ballon au dessus de la Méditerranée.

Il regardait sans voir, et faisait surtout de violents efforts d'imagination pour comprendre ce que signifiait ce monstre d'étoffe qui s'agitait bizarrement sur sa tête.

Mais bientôt ses souvenirs se classèrent et il se leva d'un bond.

Ses deux couvertures étaient mouillées comme si elles fussent sorties de la mer, et une foule de petites rigoles sillonnaient les flancs de l'aérostat.

Le jeune homme regarda vivement au-dessous de lui.

Les cordages du ballon trempaient dans les flots et la nacelle n'était pas à plus de trois mètres de la Méditerranée.

Le moment était critique, il fallait recourir immédiatement aux moyens énergiques pour conjurer le péril.

Paul se précipita sur les sacs de lest et en jeta plusieurs à la mer.

Cette manœuvre fit aussitôt remonter *le Léviathan*.

L'espérance rentra dans l'âme du jeune aéronaute, car il supposait avec raison que si le vent du nord continuait à souffler, il pourrait gagner l'Italie ou la côte d'Afrique avant le lendemain.

Le soleil se leva dans un ciel sans nuage. Paul, ravi d'admiration à la vue de ce sublime spectacle, oublia un instant ses angoisses.

Mais la chaleur sécha en moins d'une heure la soie de l'aérostat, qui, se trouvant subitement allégé d'un poids considérable, s'éleva à une hauteur prodigieuse.

Le jeune homme regretta alors d'avoir prodigué son lest.

Afin de conjurer le froid — le thermomètre marquait cinq degrés au-dessous de zéro — il but une demi-bouteille de rhum.

Cette imprudence eût pu lui devenir fatale, si le ballon se fût maintenu longtemps dans les régions élevées où il se trouvait; mais il rencontra un fort courant qui l'entraîna à l'est en le faisant sensiblement descendre, et, quand il reprit la route du sud, le thermomètre était remonté à sept degrés au-dessus de zéro.

En interrogeant l'horizon avec sa jumelle, Paul découvrit une terre à l'est.

Il la prit tour à tour pour la Corse, la Sardaigne et la Sicile.

La vérité est qu'il se trouvait à environ soixante-dix kilomètres de l'île de Candie.

Trois heures plus tard, il aperçut au loin la cime des monts Moray surgissant de la plage crayeuse de Cyrène.

Il soupçonna alors qu'il avait devant lui la côte d'Afrique.

Le Léviathan marchait toujours vers le sud, et tout faisait supposer au jeune homme que, dans quelques heures, il planerait sur l'immense continent qui a vu passer presque toutes les civilisations devant ses côtes, sans qu'aucune ait pu pénétrer ses mystères.

VII

TOUJOURS DANS LES NUAGES

Paul, fortifié par la perspective d'une prochaine délivrance, fit un repas copieux et se disposa ensuite à profiter des événements qui pourraient faciliter sa descente.

Il était à peu près cinq heures, lorsque *le Léviathan* quitta la mer pour pénétrer sur le continent.

A la vue de ce monstre aérien, les habitants de la côte furent pris des plus naïves terreurs.

Ils se montraient l'aérostat en poussant de grands cris, se précipitaient sur le sol, le front dans la poussière, et se relevaient ensuite pour courir à leurs armes.

A l'aide de sa jumelle, le jeune homme reconnut les cactus et les aloès de la terre d'Afrique. Mais le costume des indigènes et la grossièreté de leurs habitations lui firent supposer qu'il devait être dans une contrée ayant peu de relations avec les Européens.

Cela lui donna sérieusement à réfléchir, car il lui importait de savoir exactement où il se trouvait, afin de régler sa conduite sur la réputation d'hospitalité des habitants du pays.

Après avoir observé les sinuosités de la côte et déterminé approximativement, à l'aide de la boussole, la position de la terre laissée derrière lui, il étudia la carte et supposa bientôt, avec raison, que *le Léviathan* planait sur le littoral de l'ancienne Cyrénaïque, dans le royaume de Barca.

Revenus de leur première surprise, ou peut-être instruits par quelque matelot grec ayant vu des ballons à Constantinople ou à Alexandrie, les indigènes saisi-

Bocquin et Eug. Ciceri lith. Imp. Becquet à Paris.

Paul devina par ce gracieux échantillon la nature de l'hospitalité qu'il pourrait recevoir dans un tel pays.

rent leurs armes et firent pendant quelques instants de véritables feux de peloton sur l'aérostat.

Jamais poudre ne fut mieux perdue, car *le Léviathan* était à plus de trois kilomètres de ses stupides ennemis, lorsqu'il essuya cette mousquetade.

Paul devina, par ce gracieux échantillon, la nature de l'hospitalité qu'il pourrait recevoir dans un tel pays, et ce fut sans le moindre regret qu'il vida un sac de lest sur cette plage ingrate.

A huit heures du soir, *le Léviathan*, poussé par un fort vent du nord-ouest, rasait le désert de Lybie et se dirigeait vers l'Égypte.

Le jeune voyageur prit ses dispositions pour passer la nuit le moins mal possible. Il se roula dans sa couverture, en remettant à la Providence le soin de sa conservation.

Cette fois il ne put dormir, car l'espérance de sortir de l'horrible situation dans laquelle il se trouvait s'empara de lui avec une telle persistance, qu'il fut obligé de se lever au milieu de la nuit.

Avant la fin du jour suivant, il ne devait plus rester assez de gaz dans l'aérostat — d'après ses suppositions — pour maintenir sa puissance ascensionnelle; il se croyait donc à peu près sûr de toucher la terre au milieu des populations hospitalières de l'Égypte.

En effet, le lendemain, au lever du soleil, *le Léviathan* n'était plus qu'à une centaine de mètres du sol.

A la vue du ballon, les fellahs sortirent en foule de leurs huttes de torchis et se mirent à pousser de bruyantes acclamations.

Cependant les épreuves de l'infortuné jeune homme n'étaient point terminées. Comme la nuit précédente, l'aérostat avait été mouillé par une forte rosée qui augmentait considérablement son poids et l'obligeait à descendre.

Les premiers rayons du soleil séchèrent promptement cette rosée, et *le Léviathan* reprit peu à peu sa course ascendante au grand ébahissement des fellahs.

Mais le soleil était si ardent, que le ballon, obéissant au phénomène de la dilatation des gaz, se gonfla d'une façon tellement démesurée, que pendant plus de vingt minutes Paul s'attendit à le voir éclater.

Il traversa heureusement bientôt de froides couches d'air qui le ramenèrent à une température moins dangereuse.

VIII

LE LÉVIATHAN TOUCHE AUX MONTAGNES DE LA LUNE

Après avoir dévié à l'ouest pendant quelque temps, l'aérostat reprit sa course vers le sud et suivit le Nil en se dirigeant vers la haute Égypte.

Resserré entre les chaînes libyque et arabique, le vieux fleuve apparut alors à Paul comme une immense ornière creusée dans une route de Titans.

Çà et là les débris des monuments de deux cents générations disparues essayaient de protester contre la loi immuable de la destruction, qui emporte dans sa marche éternelle les idées, les êtres et les mondes vers des destinées à jamais inconnues.

La vue de cette contrée célèbre, où le culte de la mort a été si florissant, n'était point faite pour ramener la gaieté dans l'esprit du jeune homme.

Il songea à la puérile vanité de ces superbes Pharaons, qui croyaient laisser sur la terre des traces impérissables de leurs splendeurs, et dont les noms ne sont pas même venus jusqu'à nous...

Puis, le souvenir de sa famille s'empara de son esprit de telle façon qu'il oublia tout pour s'y livrer.

Il passa ainsi d'horribles heures.

Le jour suivant, Paul reconnut la première cataracte.

Syène était derrière lui, et, à l'est, dans les profondeurs de l'horizon, il distingua, par delà la chaîne arabique, une éblouissante ligne de cristal.

C'était la mer Rouge.

Le Léviathan, chassé par une forte brise, n'était plus qu'à environ trois cents mètres du sol, lorsqu'il franchit le tropique du Cancer et entra dans le désert de Nubie.

Des nuages de sable brûlant embrasaient l'atmosphère, et le thermomètre marqua bientôt quarante-deux degrés au-dessus de zéro.

Le jeune homme était consumé par une soif implacable, car il n'y avait plus d'eau dans la nacelle, et le vin, qui du reste ne le désaltérait qu'imparfaitement, touchait à son terme.

Une quinzaine de nègres montés sur des Chameaux passèrent au-dessous du Léviathan.

Le désert s'étendait à l'infini.

De distance en distance des monceaux d'ossements, blanchis par le soleil, indiquaient les victimes qui avaient succombé en le traversant.

Une descente en ce lieu était un arrêt de mort.

Au coucher du soleil, le ballon avait atteint le pays de Chendi, cette mystérieuse île de Méroé qui semble avoir devancé toutes les civilisations connues.

Pendant toute la nuit, l'aérostat eut une tendance marquée à se diriger au sud-ouest.

Le lendemain Paul supposa qu'il devait se trouver sur la limite du Sennaar et du Cordofan.

Il ne voyait plus le Nil, mais il découvrit, à sa gauche, une longue chaîne de montagnes formant un immense demi-cercle.

Brisé de fatigue, dévoré par la fièvre et les yeux gravement atteints par un commencement d'ophthalmie, le malheureux enfant résolut d'en finir.

Il reprit le revolver.

Le sol était brûlé comme une brique sortant du four, et nulle part on n'apercevait d'habitations.

Tout à coup une quinzaine de nègres, montés sur des chameaux, passèrent au-dessous du *Léviathan* en poussant des rugissements plus épouvantables que ceux des bêtes féroces.

Paul déposa de nouveau son revolver. Il but une gorgée de rhum et se coucha au fond de la nacelle, bien résolu cette fois à attendre que son sort se décidât.

Le cinquième jour après son départ des monts Jura, le ballon s'engagea dans une immense chaîne de montagnes, dont les pics altiers et couverts de neiges éternelles semblaient les sentinelles gigantesques d'un monde inconnu.

Le malheureux, à demi mort d'épuisement, fit des efforts surhumains pour se lever, car l'aérostat rasait presque le sol et menaçait de se briser contre les flancs formidables de ces masses titaniques.

Il jeta le reste de son lest et démolit même une partie de la nacelle; alors *le Léviathan* s'éleva de nouveau et se dirigea vers le sud-ouest.

Paul toucha au Djebel-el-Kh'meur ou monts de la Lune le lendemain.

Il se trouvait par le neuvième degré de latitude nord et le quatorzième degré de longitude est.

Au delà de ces montagnes presque fabuleuses, l'inconnu commençait.

Le jeune homme, transi de froid, s'enveloppa dans ses deux couvertures et attendit.

La nuit vint bientôt.

Nuit relativement douce et tranquille, car il reposa avec un tel calme que le soleil brillait sur l'horizon lorsqu'il se réveilla.

Mais le vent avait brusquement tourné depuis la veille; il venait maintenant du sud-est, et le ballon se dirigeait avec une vitesse prodigieuse vers le nord-ouest.

IX

CATASTROPHE

Le Léviathan, qui s'était d'abord maintenu à une assez grande hauteur depuis qu'il avait rasé les monts de la Lune, tendait de plus en plus à se rapprocher du sol.

Depuis la veille il ne restait plus de provisions.

La nacelle étant en partie détruite, le malheureux enfant se cramponnait fébrilement aux cordages pour ne pas être précipité dans l'espace.

D'épais nuages de sable s'élevaient en cône et se dispersaient ensuite en chargeant l'atmosphère d'une poussière brûlante.

Peu à peu la chaleur devint insupportable.

Paul ne pouvait plus ouvrir les yeux tant ses paupières étaient enflées.

Et, pour achever de ruiner ses espérances de salut, le gaz renfermé dans le ballon se dilata bientôt de telle manière, — sous l'influence des rayons ardents du soleil, — que la soie fit entendre deux ou trois sinistres craquements.

Le jeune homme comprit que le moment critique était venu.

Il ferma les yeux, évoqua le souvenir de ses parents, se recommanda à Dieu, et attendit la mort avec résignation.

Une longue heure se passa dans cette affreuse anxiété.

Enfin, une forte détonation retentit au loin, et, après avoir tournoyé pendant quelques secondes, les débris du ballon s'abattirent sur le sol...

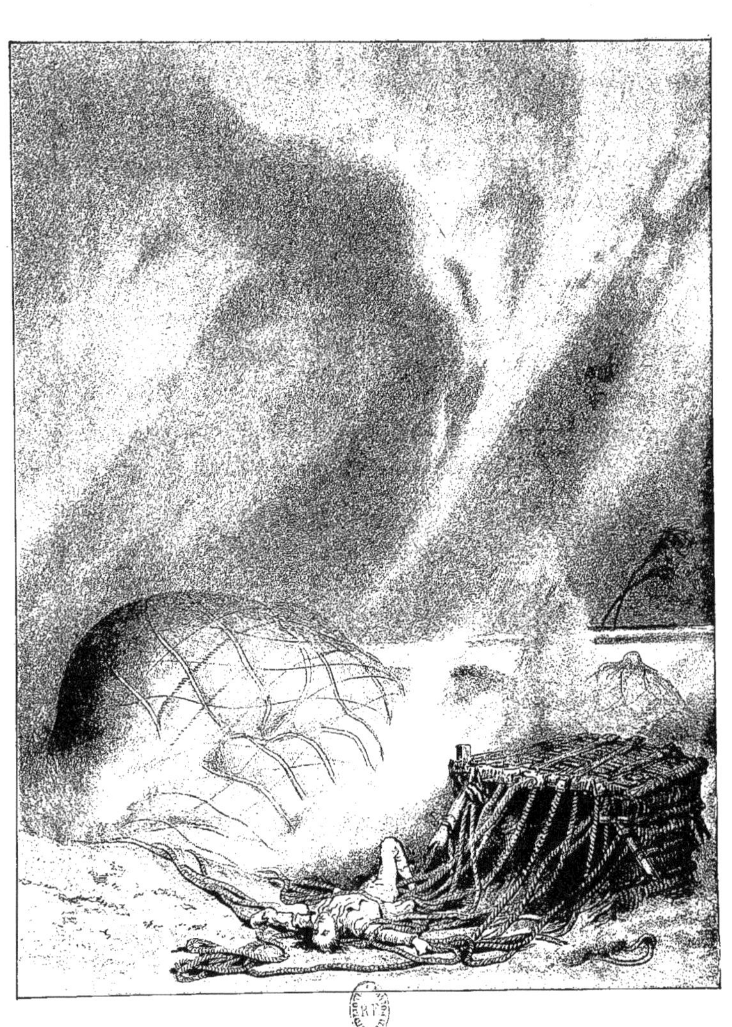

Paul survecut à cette chute effroyable

Le Léviathan n'était heureusement qu'à une quarantaine de mètres de la terre au moment de la catastrophe.

Paul survécut à cette chute effroyable.

Les débris de l'aérostat formèrent une espèce de parachute qui paralysa la vitesse de la descente, et il en fut quitte pour quelques contusions.

Néanmoins il perdit connaissance.

Lorsqu'il revint à lui, le soleil disparaissait derrière l'horizon, et de tous côtés l'on entendait déjà les cris sinistres des hyènes et les hurlements des chacals dominés par les rugissements terribles du lion.

Ces préludes des épouvantables concerts qui remplissent les nuits africaines troublèrent d'abord le jeune homme.

Mais il surmonta bientôt cette défaillance, et il travailla à se débarrasser des cordages dans lesquels il était emprisonné.

Sous les tropiques il n'y a pas de crépuscule, et à peine le soleil a-t-il quitté l'horizon que les ténèbres couvrent la terre.

Le vent avait cessé de souffler, et comme la nuit était très-lumineuse, on pouvait facilement distinguer les objets.

Paul retrouva sa boussole, son revolver et sa jumelle; le reste avait été dispersé au loin.

Une soif ardente, doublée par la fièvre, le tourmentait horriblement.

Le jeune homme, obéissant à un irrésistible sentiment de reconnaissance, se jeta à genoux et remercia Dieu avec une profonde effusion. Il se recommanda de nouveau à la protection divine et se releva plein de courage.

Après avoir rampé longtemps sur le sol, il atteignit un bouquet d'arbres situé à environ quatre kilomètres du lieu de sa chute.

Il y avait là des plantes vigoureuses, de robustes arbrisseaux, des buissons touffus, mais pas une goutte d'eau.

Épuisé de fatigue et de besoin, le malheureux enfant se coucha sur la terre, bien décidé cette fois à attendre la mort.

Mais, au moment où il croyait toucher à sa dernière heure, il découvrit autour de lui une grande quantité de petites baies d'une forme inconnue.

La crainte de s'empoisonner ne pouvait le retenir, car il avait depuis longtemps fait le sacrifice de sa vie; il en mangea donc avec avidité, et, soit qu'elles continssent un principe narcotique, soit que le besoin de sommeil fût plus impérieux que ses souffrances, il dormit jusqu'au lendemain.

Ce fut un bruit assourdissant de voix qui le réveilla.

Une dizaine de nègres, couverts, les uns de peaux d'animaux, les autres de légères pièces de toile de coton qui leur ceignaient les reins, l'entouraient en gesticulant avec beaucoup d'animation.

Ils brandissaient de courtes javelines dentelées, et l'un d'eux le mettait en joue avec un vieux fusil sans batterie.

X

PAUL PRISONNIER DES MANDARRAS

Paul se crut d'abord le jouet d'une horrible vision; mais les cris des naturels redoublèrent, et celui qui paraissait être leur chef le poussa brutalement avec le pied.

Le jeune homme se leva, non sans effort, et attendit.

Les nègres poussèrent de bruyantes exclamations et vinrent à tour de rôle lui toucher les mains et le visage; puis le chef lui adressa la parole.

Paul, qui avait commencé l'étude de l'arabe, essaya de répondre en cette langue, mais il ne put parvenir à se faire comprendre.

Alors les nègres le serrèrent de plus près et le dépouillèrent en quelques minutes, l'un d'eux lui enleva même sa chemise. Cependant, sur ses vives instances, ils lui abandonnèrent un vieux lambeau de toile de coton, couvert de vermine, avec lequel il se ceignit les reins.

Un nègre passa une large courroie autour de la taille du jeune homme, et un autre lui donna un coup de bâton sur les épaules.

C'était le signal du départ.

Le malheureux était si faible qu'il pouvait à peine se soutenir; il fit un geste suppliant et porta sa main à sa bouche à plusieurs reprises pour demander des aliments.

On lui donna quelques grains de mil dans un fragment de calebasse, puis la petite troupe se mit en marche.

La petite troupe côtoya le Chary.

Paul souffrait horriblement, mais il comprenait que son refus d'avancer serait l'arrêt irrévocable de sa mort.

Il était tombé entre les mains d'une troupe de Mandarras, qui se rendaient à Kernok, capitale de Loggoun, pays avec lequel ils étaient pour le moment en paix ; et ils espéraient tirer bon parti de leur prisonnier.

Trois heures plus tard, les nègres firent halte et prirent un peu de nourriture dont Paul eut sa part.

Le lieu était magnifique.

Entre de gigantesques baobabs, — ces rois des végétaux qui semblent contemporains du déluge, — et un gros bouquet de mangliers, on voyait une large rivière dont les flots bleus coulaient paisiblement vers le nord.

C'était le Chary.

Ce fleuve prend, croit-on, sa source vers les monts de la Lune, et va se jeter dans le grand lac Tchad, cette fameuse mer centrale de l'Afrique si longtemps cherchée par les voyageurs.

La petite troupe côtoya le Chary et campa le soir à environ deux kilomètres de ses bords.

La précaution n'était pas inutile, car Paul avait pu voir pendant la journée d'énormes hippopotames se jouer à la surface du fleuve, de monstrueux rhinocéros gambader sous le feuillage des mangliers et de féroces crocodiles émerger tout à coup des hautes herbes du rivage.

Il vit aussi en ce lieu une ville de termites ou fourmis blanches.

C'était un cône d'environ vingt mètres de circonférence à sa base, d'une solidité à l'épreuve de l'attaque des naturels.

Cependant le jeune homme ne se soutenait qu'à force d'énergie. Sa faiblesse provoquait le mépris des Mandarras, et sans l'appât de la somme qu'ils espéraient tirer de la vente d'un si étrange esclave, ils l'eussent sans nul doute mis à mort.

Le lendemain la petite troupe franchit le Chary sur un long canot qui les entraîna à la dérive pendant plus de deux heures.

Le batelier fut payé avec des pièces en fer, ayant la forme de croissant, qui sont la monnaie ordinaire du Loggoun.

Il était environ midi lorsque les Mandarras arrivèrent à Kernok.

Des cavaliers, équipés et armés à la façon de certains Tartares, les conduisirent dans une masure qui leur fut provisoirement assignée pour demeure.

Kernok sembla à Paul une ville supérieure à ce qu'il s'attendait à rencontrer au cœur de l'Afrique.

Il y vit beaucoup de maisons à plusieurs étages et deux ou trois places assez spacieuses.

Au lieu de conduire le jeune homme au marché des esclaves, les Mandarras, qui avaient réfléchi, résolurent de le présenter au roi.

XI

DE KERNOK A KOUKA

Aussitôt que le sultan de Loggoun apprit l'arrivée d'un blanc dans sa capitale, il envoya un Maure nommé Ben-Salah pour l'interroger.

Ce dernier, espèce de fermier général du marché, connaissait tous les dialectes arabes du nord de l'Afrique.

Malheureusement Paul n'était pas fort en arabe, et il prononçait d'une façon tout à fait inintelligible le peu qu'il savait.

Force lui fut de recourir à la pantomime pour essayer d'expliquer sa malheureuse situation...

Ben-Salah l'examina attentivement pendant qu'il s'efforçait de lui donner l'idée de sa course aérienne, puis il baissa bientôt la tête avec commisération en prononçant quelques paroles à voix basse.

Le Maure alla immédiatement faire son rapport au roi.

— Ce jeune homme est un ami d'Allah, lui dit-il, car il a perdu la raison.

Les musulmans ont, on le sait, le plus grand respect pour les fous, qu'ils croient remplis de l'esprit de Dieu.

Par ordre du sultan, on arracha Paul aux mains des Mandarras, qui furent en outre obligés de lui restituer les objets enlevés, et on l'installa dans une hutte voisine du palais, en compagnie d'un vieux nègre, révéré comme *hadji*, car il avait fait autrefois le pèlerinage de la Mecque.

Le jeune homme passa ainsi trois mois à Kernok.

Le Gorille défiait les hommes au combat.

Pendant ce temps il se rétablit complétement et se fortifia dans la langue arabe.

Grâce à la protection dont le couvrait son prétendu état d'halluciné, il ne subit aucun mauvais traitement ; seulement il était fort incommodé par l'indiscrétion des habitants, que la curiosité rassemblait constamment autour de lui.

Les vieilles femmes maladives surtout s'obstinaient à le regarder comme sorcier, — c'est-à-dire médecin, — et elles ne consentaient point à s'éloigner de lui sans avoir touché ses vêtements.

En donnant son revolver à Ben-Salah et sa jumelle au sultan, que ce don ravit de joie, Paul s'était ménagé des amis.

Et lorsqu'il demanda à se joindre à une ambassade allant au Bournou négocier un traité d'alliance, on ne fit aucune difficulté pour le laisser partir.

On lui donna au contraire un âne pour monture, et Ben-Salah lui remit, de la part de son maître, outre un bissac rempli de provisions, quelques poignées de *cauris*.

Le cauris est un petit coquillage, plus connu dans la Guinée que dans le Soudan, dont la valeur ne dépasse guère un demi-centime. Beaucoup de peuples africains n'ont pas d'autre monnaie.

La route de Kernok à Kouka, la capitale du Bournou, est excessivement pittoresque.

Les débordements du Tchad sont pour tout ce pays une source d'inépuisable fécondité, et la végétation y est tellement luxuriante, que l'homme n'a jamais pu pénétrer dans les immenses espaces couverts de forêts de mangliers qui couvrent une partie de ces contrées.

Le manglier est un arbre fort extraordinaire ; chacune de ses branches tend à s'abaisser vers le sol, où elle prend racine et où elle forme à son tour un nouveau tronc.

En côtoyant l'une de ces forêts, qui était remplie de singes venant faire des grimaces aux gens de la caravane, Paul vit son âne regimber tout à coup.

Il jeta les yeux à sa droite, et il aperçut, accroupi entre les branches d'un arbre gros et court, un énorme animal qui faisait claquer ses dents en roulant des yeux furibonds.

C'était un grand singe de l'espèce dite gorille.

Plusieurs nègres de l'escorte lui lancèrent des flèches ; une seule l'atteignit au bras.

Il l'arracha en poussant un rugissement formidable.

Puis, avec la promptitude de la foudre, il sauta à terre, fit quelques bonds à quatre pattes, se redressa bientôt, et s'avança résolûment vers la troupe en se frappant la poitrine avec les poings et en poussant des cris qui retentirent au loin dans la forêt.

Le gorille défiait les hommes au combat.

Plusieurs coups de fusil partirent en même temps, et l'animal, frappé à mort, roula sur le sol.

Sa taille dépassait deux mètres.

Les nègres tuèrent le même jour un boa de plus de douze mètres de long

XII

LA TRAVERSÉE DU DÉSERT

Après une route très-pénible, l'ambassade arriva à Kouka, la capitale du Bournou.

Paul trouva à Kouka un Maure de Ghadamès, nommé Mohamed-Saadi, faisant habituellement le commerce avec le Soudan, qui le prit sous sa protection et lui promit de le ramener à Ghadamès, d'où il trouverait facilement le moyen de gagner l'Algérie, s'il voulait lui servir de second pour la conduite de ses chameliers.

Mohamed retournait chez lui en passant par le chemin du Fezzan.

C'était une proposition inespérée. Aussi, dans sa joie, le jeune homme sauta au cou de son bienfaiteur et lui promit une obéissance absolue.

Comme la caravane ne partait que dans trois semaines, Paul profita de ce temps pour étudier le pays.

La ville de Kouka est très-peuplée, — elle a plus de quatre-vingt-dix mille habitants, — mais ses constructions sont bien inférieures à celles de Kernok.

La civilisation est du reste, en général, moins avancée au Bournou que dans le Loggoun.

Paul vit deux Lions arrêtés sur un tertre de sable.

Les Bournouens sont de mauvais cultivateurs et ils ignorent absolument la manière de travailler le fer, ce qui les rend tributaires de presque tous leurs voisins pour ce qui concerne l'industrie et le commerce.

La principale monnaie du pays consiste en bandes de toile de coton fabriquées en grande partie au Mandarra.

En revanche, les Bournouens ont un goût prononcé pour les parades et les exercices militaires.

Les guerriers de cette nation sont robustes et fiers. La garde du cheik surtout est digne de figurer auprès des troupes les plus brillantes de l'Europe.

Les soldats portent des casques et des cottes de mailles comme les Sarrasins des croisades ; ils sont armés de sabres, de fusils et de javelots qu'ils manient avec beaucoup de dextérité.

Ils ont l'habitude de porter un poignard attaché au bras gauche, la pointe en haut.

Cependant les Bournouens se font battre aussi souvent que leurs voisins, et depuis quelque temps ils perdent plus de territoire qu'ils n'en conquièrent.

La caravane se mit enfin en route.

En sortant de Kouka, elle était composée d'environ trois cents personnes, — nègres, Arabes et Maures, — conduisant près de mille chameaux.

Tous les hommes étaient armés comme des soldats se disposant à entrer en campagne.

Ce n'est point pour se défendre contre les Bournouens ou les gens du Soudan que les Arabes prennent de telles précautions. Ils craignent des ennemis bien autrement redoutables.

Ces ennemis sont les Touaregs et les Tibbous.

Ces audacieux pirates du désert prétendent avoir le droit de haute et basse justice sur tout le pays qui s'étend de l'Océan à l'Égypte, entre le douzième et le trentième degré de latitude nord.

Aussi, malheur aux imprudents qui, n'ayant pas pris de suffisantes mesures de défense, essayent de se soustraire à leur rapacité ! leurs cadavres ne tardent pas à couvrir les plaines désolées du Sahara.

Les Touaregs s'abritent le visage derrière un voile de coton bleu, et ils portent pour arme principale une lance qu'ils ne quittent jamais.

Leurs montures sont ces fameux chameaux *méharis*, qui parcourent deux cent cinquante kilomètres dans une journée.

Cependant, en dehors de leurs habitudes de rapine, dont ils se font un titre de gloire, les Touaregs se montrent loyaux et généreux.

Ils habitent, pour la plupart, des tentes de cuir qu'ils transportent suivant les nécessités de leur existence vagabonde, d'une extrémité à l'autre du désert.

Quant aux Tibbous, ils sont en général faux, lâches et voleurs ; ils redoutent surtout beaucoup les Touaregs.

Leurs habitations consistent en huttes de terre grossières, mais ils préfèrent les grottes.

On prétend qu'ils sont de race caucasique.

La caravane traversa le Yéou, un des affluents du Tchad, et arriva bientôt à Wendi. Là elle se constitua définitivement.

Paul avait reconquis toute sa bonne humeur ; il se rapprochait chaque jour de l'Europe et pouvait prévoir approximativement l'époque où il se retrouverait au milieu de ses parents.

Comme il portait des vêtements arabes depuis Kernok, Mohammed lui avait conseillé de se faire passer pour Maure, afin de se soustraire aux commentaires malveillants.

De Lari la caravane prit la route du Fezzan.

Elle traversa l'affreux désert de Tintouma et gagna l'extrémité de ce lieu de désolation sans accident.

A une journée de là, Paul vit deux lions arrêtés sur un tertre de sable qui regardaient fièrement passer la petite troupe.

Ils essuyèrent plusieurs décharges de mousqueterie sans daigner faire un mouvement.

Il est vrai qu'ils étaient à plus de huit cents mètres de ceux qui tiraient sur eux.

Entre Belma et El Hammer, le jeune homme fut témoin d'une chasse à l'autruche qui n'eut aucun succès.

A El-Vaar, il vit de nombreux troupeaux d'antilopes, plusieurs zèbres, et deux ou trois girafes.

El-Vaar est une des dernières étapes importantes du désert. A partir de là on trouve à profusion les mimosas qui distillent la gomme, les lotos et les tamariniers.

La caravane pénétra enfin dans le Fezzan, et elle entra à Mourzouk, la capitale de ce vaste État, trois mois après son départ de Kouka.

Imp. Bouquet à Paris

C'était Paul !!!

Pendant le voyage elle avait soutenu victorieusement plusieurs attaques contre les Touaregs, et, dans chacune de ces attaques, Paul avait montré un courage et un sang-froid dignes des plus grands éloges.

A Mourzouk, la troupe se dispersa.

Après quelques jours de repos, le jeune homme se remit en route avec Mohamed, et il arriva à Ghadamès, ville saharienne appartenant au pachalik de Tripoli, deux mois plus tard.

Là il fut obligé d'attendre le passage de la grande caravane du Maroc, de laquelle se détachent les Arabes qui se dirigent sur Touggourt.

Grâce à la protection et à la générosité de l'excellent Mohamed Saadi, Paul toucha à Touggourt et arriva à Biskara, ville d'Algérie, un an après son enlèvement extraordinaire.

A Biskara, le jeune homme n'avait plus rien à redouter, car il se trouvait au milieu des Français.

Ses aventures merveilleuses firent bientôt le sujet de toutes les conversations, et il fut le héros de la petite ville pendant le court séjour qu'il y fit.

Le commandant militaire de la place lui fournit les moyens de se rendre à Alger, où il trouva des ressources abondantes, notamment chez un digne magistrat, ancien condisciple de son père, et il débarqua bientôt à Marseille.

XIII

RETOUR A PONTARLIER

Treize mois après la disparition de Paul, tous les membres de la famille de M. Grenon étaient rassemblés un soir dans le salon avec quelques amis qui essayaient vainement de dissiper leur sombre tristesse, lorsqu'un facteur du chemin de fer apporta un petit billet à l'adresse de l'avocat.

Ce billet était écrit au crayon.

En jetant les yeux sur l'adresse, M. Grenon tressaillit, puis il fut obligé de s'appuyer contre la cheminée.

— Ah ! mon Dieu ! dit-il en passant la main sur son front.

— Qu'est-ce donc? demandèrent les assistants.

— Je ne sais, mais il me semble que je reconnais l'écriture de Paul...

— Est-ce possible!... murmura madame Grenon, qui pâlit horriblement.

— Mon frère n'est pas mort!... mon frère n'est pas mort!... s'écria Louise en sautant de joie autour du guéridon.

Tout le monde interrogea avec anxiété la physionomie de l'avocat pendant qu'il déployait le billet.

— Lisez, lisez tout haut, dit madame Grenon en portant la main sur son cœur.

M. Grenon fit un effort et lut d'une voix entrecoupée de sanglots les lignes suivantes :

« Mes bien-aimés parents...

« Prenez patience, avant peu je serai dans vos bras...

« Votre fils,

« Paul Grenon. »

Une explosion de cris, de soupirs et de félicitations remplit l'appartement!...

Tout le monde s'embrassa en versant des larmes de joie, et l'on n'avait pas encore eu le temps de demander des explications au messager, lorsque la porte s'entrouvrit lentement.

Un grand jeune homme, hâlé comme un mulâtre et à moitié vêtu du costume oriental parut sur le seuil...

C'était Paul!!!

Il faut renoncer à peindre la scène qui succéda à cette apparition ; de pareilles sensations se comprennent, mais ne se décrivent pas...

Pendant quinze jours la ville entière fut en fête.

On ne se lassait pas d'écouter le récit des merveilleuses aventures du jeune homme.

S'il tient ce qu'il promet, Paul Grenon sera un jour une des gloires de la Franche-Comté.

FIN

PARIS. — IMP. SIMON RAÇON ET COMP., RUE D'ERFURTH, 1.

www.ingramcontent.com/pod-product-compliance
Ingram Content Group UK Ltd.
Pitfield, Milton Keynes, MK11 3LW, UK
UKHW021220230726
13926UKWH00003B/1136

9 782013 659352